歌　集

復活祭の朝

加藤民人

目次

一九九八年

暇あらば

暇あらば白萩の花見に行かむ共に哀しむ思ひのありて

湿り立つ松の根元に咲きにけるイヌタデの花の赤き色見る

真昼間の日の高きころ揚羽蝶道の中ほどを飛び過ぐる見つ

桜の木の陰に隠れてこの鴉静かに羽を繕ひてゐる

青き色窓に映りて待合室に不安あり今日も明日の仕事に

傾ける日差しの中に吾はをり黄の色さやかにあわだち草咲けり

立冬

桜落葉踏みしめて行く音冴えて木洩れ日の道を人ら歩めり

少年の日々蘇る谷戸の午後木の実集めて歩み行きしか

公園に落葉の散りてゐたりけり人誰も来ず鴉の声す

立冬の風あたたかく通ふこの谷戸に迫りて山色づけり

黄櫨《はぜ》の葉の赤らむ一木今日も見て日の当る坂をわが家に向ふ

萩の葉のなほ紅葉して残りゐる谷に一日の風小止《をやみ》なき

春の来るべし

形からはひるといへど洗礼の聖水は汝の額に垂れたり

冬もなほ極まれば春の来るべし勇猛心もて吾は向ふべし

雑木々の茂れる森は夜半にして山の端と空と分かつことなし

日々の糧求めんが為働けりなぜか卑しくなりしこの頃

二児の母となりたる人は同級生と遠く見てわが声かけずして

キャンドルの明りを持ちて見つめゐる汝の顔が闇に浮き立つ

幼児がゐるその親がゐるキャンドルが幾つも並び輝いてゐる

いく時かジャズを聞きて物憂かりき夜の気怠さ残す喫茶店

美しき夕映えの時君と共に坂を登りぬ振り返りつつ

傾ける日差しのもとに白く町は吾が目に清くうつる時の間

櫟の葉枯れ残りてなほ枝にあり木枯しに寒き音をたてをり

波が寄る岩に鵜がゐる美しとおもへるまでに心澄みたる

祝福はできぬと吾を睨みをる女教師の出でしその夢

緑濃き杉の林の枝々は音なく風に揺れやまずして

鳩の形に

岩々の露なる山の麓には赤き瓦の家が並べり

コモ湖畔巡りに古き屋敷あり富める者のみ住めると言へり
日本語も英語も解せぬ店員がベッラ、ベッラと妻を讃へる
日の当る丘のなだりにオリーブの木々あり薄き緑のその葉
クリーム色の壁に赤き瓦の家々はかたまり立てり丘の一つに
石造りの家朽ちるともなく建ちてをり糸杉の道長く続けり
湖畔にはプラタナスの大き古木あり湖は深く黒く静めり
サンピエトロ寺院の中央祭壇はステンドグラスあり鳩の形に

雉子の声

誇りなら吾にもあれどそんなものと思ひてゐたり唯そんなもの

寒くても野を駆け廻る少年なりきそんな心を失ひたりしか

空見ればいろんな思ひわき出でぬ白き雲の先に失ひしもの

葉の落ちし雑木々の中に一群の緑なす杉に思ふことあり

軽やかに口笛吹いて闊歩する人のをりたり吾は安堵す

大寒にほのかにかをる桜のはな汝は活けたり今の思ひに

一人にて足れる思ひにあらなくに今宵は清き生活を思ふ

落ちつかず待合室にて人を待つ男をりたりわがかたはらに

うららかな日差しのもとに一人ゐる孤独といふを吾は恐れつ

鋭角に交れる枝を梅の花を一木選びてスケッチをせり

池のうへに梅の花散りはなやげり遠く雉子の声聞え来る

真鶴の岬の先の双子岩見て越え行けり日の当る道を

トンネルを幾つもぬけて海岸のぬくき日あびてなほわれの行く

ゆつくりと日の当る坂登り行くバスより見えぬマーガレットの花は

幼き日より幾度も行きしこの山の幕山の上に雲の影あり

幼きより夢はぐくみし新崎川今整備され川辺に佇む

いつかうに栄えぬ駅の北側に吾の母校の高校がある

渓谷を来たれば高く空鳴りのしてわが一人山を下り来れり

こはいとは疲れたと言ふ意味ありき北海道の方言にして

さ緑の若芽萌え出づる頃となり池の水藻の緑鮮けし

街川の柳の萌えが鮮けしと手紙をくれし祖母はいま亡し

アムステルダムに着けば空港警備員は自動小銃肩から提げて

風強く今日来し浜は茜さし満ちくる波は少し濁りぬ

この夜をしばしを人と酒飲みぬいくらか危ふい思ひのありて

連翹の黄なる花より飛び出でし真白き蝶が道を横切る

足とめて聞きゐる人のあまたゐてチベットの歌に若きら踊る

ブラウン運動

関白宣言の次は関白失脚の曲をかけたりためらふ事なしに

うてな散る桜のもとに佇みていづこの方か山鳩鳴けり

大谷石の門柱は幾らか風化して夕べ灯ともる赤尾耳鼻科は

説明と理論の中で悶えをりブラウン運動の様な思ひに

一生と心ゆるした仲ならば妻の言葉の気にはかからず

空高く雲の流れて君とゐて風はしきりに青葉を揺らす

主婦らしく髪を切つたと言ふ妻に向ひたりその雅子様カットに

葦叢に黄色き菖蒲咲き出でて木道を通る吾が妻と犬は

洗ひたての髪なびかせて吾が妻は小公園の坂下りゆく

草笛を吹く少年

地に這ひて浜昼顔は咲いてゐる七里ヶ浜に薄日の差して

夕曇る中に茜の差して来て一色になるつかの間の時

カランコエくれなゐ淡く咲き出でな梅雨のしめりとぬくき日差しに

池よりの水音聞え日はゆらげり草笛を吹く少年一人

山かげを池にうつして静かなる人なき淵にかるがも一羽

緑ふかき楓の下に来し栗鼠に南京豆を与ふ夕べに

雲と潮と

君知らぬわが過去に出合ふのか蝦夷島見えて心切なし

切り立つた岩の斜面に若葉萌え海の彼方に津軽の山々

斜めなる光となりて遙か遠く立待岬見え雲と潮と

潮風は沖より吹きて佇めり岬にありし啄木の墓に

小さなる町の中には市電走り駅の名なども親しかりけれ

丈高く伸び立つままの牧草地海まで続けりトラピストより

灰色の冴えない空の下にゐて木々の緑は際立つてゐる

修道院の白樺の森に鳥鳴きて今日は最後なる函館の一日

午後五時のこの清々しさや夏の日を受けて函館の緑はとほく

夕刻に山の陰影濃くなりて雲とどまりて茜差し来る

昼のしばしを

梅雨晴れの光さやけしこの谷戸の夏の緑を昼のしばしを

高く高くむら雲に白く日の出でて汗にじみをり燕は飛べり

沙羅双樹散り敷く花は木の下にはなやぎもなく雨に濡れをり

浄明寺梅雨空のもと鴨一羽東に向ひ谷戸越えてゆく

入梅の物憂き思ひ空晴れて植物の如く育つ心か

健気にも吾に仕ふる妻ありて朝もの憂くて愚痴言ひて出づ

カリスマ的な梅雨の晴れ間に会ふ事も時ならず心に何かきざし来る

静かなる水面を渡る風ありて菖蒲は池に影を映しつ

泰山木の花

空高く色薄き雲流れゐて御寺を後に白き石踏む

雨の日に婦人は花を持ちて来ぬ雨に濡れたる泰山木の花を

カッパ着て雨の日警備をしてゐたり整髪料の仄かに匂へり

横ざまに煙るが如く雨降りて報国寺に向ふ山の霞みぬ

梅雨に入る山の緑の深まりて杉の木叢も雨風に撓ふ

梅の木に梅の実なりて梅干しを作らむ母か瓶を並べて

夕べ妻と観音坂を下りゆきて緑の山に観音を見る

朝よりの雨やみてのち白き蝶は窓近く杉の梢を飛べり

アライグマは夜な夜な近くに現れて池の鯉など取りて食ふらし

芙蓉の花に

生き物の形に見ゆる雲ありて西空より北に流れてゆけり

ふる雨にくれなゐ淡く咲きてゐる芙蓉の花に心よりつつ

たをやかに枝を垂らして萩の花爪の形のくれなゐの花

嵐過ぎて向ひの家の萩幾株か紅の花散らしてゐたり

秋アカネ中空に一時静止してまた飛びゆけり空高き日を

一九九九年

潮の流れ

叢雲に日は遮られ柔らぎぬ蔦の葉落ちて壁は白き色
大き岩露なる岩にへばり付きてロッククライミングする若き男女ら
この山の櫟林の下生えに山椒の木のあまた生えをり
潮の流れ濃く淡く遠く海の彼方雲のなびきて大島のあり
谷に向ひこの道をなほ下りたり瀬の音更に高まりて来る
丸き岩に丸く流れて新崎川の橋の袂にバス停がある

羽虫飛ぶ黄色き西日の当るところマリーゴールドの橙の花

酒匂川夕べの川は青く見え川辺の石は光返しをり

青銅のオブジェ

ともかくも止る事なく吾はあらむ西空に濃き夕映えの色

あこがれは空に流れて束の間の色とみし間の夕映えの色

時々に地震を感じて目覚めたり寝息静かに妻のをりたり

枯れ芝に枯葉の散りて群鳥の鳴く林ありこの広き園に

青銅のオブジェのありぬ中庭の栴檀の木は色づきてゆく

暁に目覚むる朝空に遠く雲あり雲は光を帯びて
喜びに目覚むる今日の思ひなり光はビルの谷間より照らす
雲の端の茜になれる光を見て吾がをりぬ一人考へもなしに

夕べの光

何と言ふ何と言ふこの物憂さよ日は沈み灯の点りゆくとも
待つと言ふ沈黙の中耳につく焦りて高鳴る胸の鼓動か
知りをるや障子明るめる朝のこと君眠りゐる我の気持ちを
美術館出でて欅の梢には今日最後なる夕べの光

夢覚めてなほ考へるこの癖は朝日の中に砕かれてゆく

いつもより明るく思へるこの朝は障子開ければ雪積もりたる

刹那なる思ひを我は捕へむと捕へむとして今はありたり

冬の日

一角に色濃く溜まる夕映えを映してゐたりバックミラーは

大気なほ冷えゆく午後の風花は空に飛び地に流れゆく

猫のゐる屋根の真上に上弦の月掛りをり窓の向うに

冬の日の光がこんなに眩しいと今朝気づきたり君と暮らして

高き空に流るる雲あり低き空にとどまる雲あり日はうつろなり

さまざまに濃淡を見するもみぢの葉光を返すいま束の間に

日に透きてもみぢせる葉は教会のステンドグラスのやうに美し

輝ける光の海に白き帆のヨットとどまる朝の時を

山の間より見はるかす海に白き帆のヨットは浮けり列なしてゆく

白きテラス

日本では見馴れぬ鳩がテラスにて馴れ馴れて吾に近づきて来る

灰皿に蘭の花ありまどろみぬ青き芝生のプライベートビーチ

海風の通ふ浜辺のチェアーにてまどろみながら蘭の花見る
光ほのかに真白き壁に反射して鳥鳴き始む朝となりたり
テラスより見えるマウイの山に今虹かかりたりわが妻を呼ぶ
手の震へ微妙に伝へ赤い点のレーザースコープの狙ひ決まらず

岩陰に

降り込まれ窓より見える梅の木は赤き蕚の上に葉の萌えてをり
再会はこの浜がよしひと色に人恋ふる過去の思ひ再び
岩陰に水も淀みて波立たず雨降る浜に人を思ひつ

寂しければよく一人来たこの浜に二人になりてまた一人来る

山女追ひ渓流登りたどり着きし宿木村は今もあるのか

生活の歌が良いなら買ひ物の歌でも作れとわが妻は言ふ

久々に飲みたき思ひわきいでぬ家では妻が帰りを待てり

午後三時

駐車場の隅に咲きたる匂ひ菫降りださむとする春の夕べに

喜びを言葉に出さぬ夕べの時桜一木はひそかに咲けり

自然ではない取り合せの生け花を妻は活けたり色彩本位に

午後三時晴れて西日の当る頃小刻みに鳴く鳥の声聞く

蒲公英や連翹の咲くこの土手に自動販売機いくつか立てり

真白なる染井吉野に青々と欲望のやうに若葉萌え出づ

一年先二年先の事は分からないそんな思ひが力を生むか

雨の後小暗き道のひとところ緋の色著けし椿散りたる

上弦の月

つばくらめ二羽共に来て巣作りを始めむ頃か局の庇に

薄ら日の差せる彼方に烏帽子岩今朝見えてゐて潮の満ち来る

上弦の月は厨の窓により見てもの思ふかの日の如く

色赤き月見えてより一時間雲に隠れて闇夜になりぬ

怪しげな西空の雲移り来て日差し弱まり降り出さむとす

穏やかな日差しのもとに吾はゐて鳴きながら雲雀は小さくなりぬ

波紋立て連なり泳ぐ小さき魚瀬音優しく聞ゆる小川

この谷戸を

滑川流るる先のひとところ淀みのありて鯉の沈めり

ペチュニアの花と並びて花つけぬ山百合の端は淡き桃色

この谷戸を東に向ひ白鷺は重き翼のきらめき飛べり
なんといふなんといふしをらしさぞふり来る梅雨に勢ふ花は
連れ立ちて大川の町歩きたし柳青めるあの川縁を
梅雨時の赤き紫陽花咲いてゐる川を遡る合鴨の群れ
事務的に仕事片付く今日の日はこんな仕事に自信覚えて

昨日又今日

雨の後靡ける草の陰にゐる魚を狙ひて鷺は動かず
嵩増して赤く濁れる滑川倒れし草に魚寄りてゐる

濁流の濁り逆巻く草の陰に鯉は背鰭を見せて抗ふ

胸鰭を広げて早瀬泳ぎゆく追川の群れ見し昨日又今日

手に取りしかみきりむしを放ちやれば飛びて杉の木立に消えたり

降り出さむ空にあやしき雲ありて山は不思議な色に映えたり

明け方の夢

濃き青葉薄き若葉の輝きて光をとどむ梢の先に

部屋にわくダニに食はれし妻の為バルサン焚きて家出でて来ぬ

白百合はこぞりて咲けりわが家の垣根の前の狭き敷地に

声たててこぶし振ひて目の覚めぬ所在無き夏の明け方の夢

今まさにヴィオレッタの命果てむとす己が心を戒むる時

犠牲のもとに男の幸せあるものかアルフレートの行く末は吾

白鷺は心許なく羽ばたきて中空を低く飛び過ぐるなり

ただ暑き一日の終へて帰るなり言葉にならぬ思ひ持ちつつ

砂の城

朝の日は山の緑に映りゐて光さやけく濃淡を見す

朝の日は東の空に照りはえて光を返すいま東の間に

桜葉の日に透きし葉は色づけり夕べ静かに風吹きて来ぬ

秋霖の続く午前の薄明り虚ろなる我の心にも似て

ひとところ夕日の当たる店ありて日に真向へばゐどころのなし

砂の城築いてをりぬ二人して湿りたる砂の黒く冷たき

戯れに始まり戯れに終はるとも秋の夕映えの美しさにも似る

二〇〇〇年

海は凪ぎたり

暁とすでになりたり紅の光は沖より岬に至れり

曙の光透きつつ空に高く雲は斑の色になりゆく

凪ぎつつも遠き潮騒は聞えつつ千尋の浜は朝焼けの色に

江ノ島の海は凪ぎたり音もなく日の出づる時漁船来たりぬ

十年前喧嘩でつくつた古傷にガラスの破片ありて手術す

ダイハードかインディージョーンズの様に生きたかつたと言ふ女あり

いつの日か来てもの言はぬ我のゐて遠き長浜は靄につつまる

照る日静かに

混沌と海の闇より出づる日よすでに漁船の影を映して

楓一木葉は赤くなり雨の中色黒き枝は風に揺らぎぬ

雲間より照る日静かに感じをり嵐すぎたるひとときである

日に透ける紅葉明るくこの今を愛さねば人は無にかへるべく

枯れ落ちる迄に色づく楠の木は一木静かに色をとどめぬ

もみぢせる木の葉のゆくへ思ふべき橋の桜木散りつくしたり

鮮やかに窓に映るは黄昏の北海道の藍色の闇

冬の色

茜雲層をなしつつ明るめる山より出づる朝日の前に

隈無くも物みな露に照らし出す朝日の前に嘘はつけない

忙しなく廊下を往来する老人のスリッパの音又聞え来る

音もなくパワーシャベルの動きゐて木々は動かず煙立ちをり

澄む声に鳥は鳴きたり朝あけて空は藍色の光とどめて

山々は朝は清く晴れてゐてもみぢせし木の色にしづめり

冬の色に朝はさやけく吾が町に鋭くうつる家また家は

黎明の光は空に及びゐて今出でて来る光を待てり

朝靄

久々の雨に降られし庭に見る白梅の黒きに雫したたる

朝靄の棚引く山の中腹に家あり家の白壁は暗し

頂より徐々に日の差すこの朝谷間より北に靄の残れり

饒舌な朝日のもとに心おさへ光が及ぶまでは動かず

昇る日に音はあるのだ目を覚ます窓にミューズの影が寄るまで

鉢植ゑの草花の残骸をここに見て一月の長さ悔ゆる夕べか

聖人はあり得ぬ程の奇跡なり人は人として生まれ来るもの

枯れ芒立ちてさやげる河原に日の当りたる今日は三月一日

もし僕がレオンと言ふ殺し屋で妻がマチルダだつたらと思ふ

反り返る寺の甍のもとに咲くしだれ梅はほのかに紅に

三椏の木に交はりて寒椿枝の間より赤き花見る

谷戸の午後日は長くなり風吹きて笹の葉擦れの音のみがする

花冷えて

菜の花の黄の色に混じり紫のオオアラセイトウもひそかに咲けり

無機質な文字を通して触れてくる人さまざまな言葉の力

返事なき事に唯々いらだちて五時となり局のシャッター閉めぬ

緋寒桜盛りの色は悲しみを湛へる様に花冷えて来る

何故か心に空しきものあると疲れし夜半に妻の言ひ出づ

さ緑の楠の若葉の萌え出でて淡く仄かな色となる山

道の辺にとまりてゐたり蜆蝶静かによけてさけて通りぬ

ある朝に君を愛すと落書を書いたロミオはもうゐないのだ

点描の如く光れる木々を見る青き若葉の光また光

逆光に茂る葉暗くゆらぎつつ透く葉輝る葉の濃淡をうむ

さんさんと照る日嫌ひて小さなる三色菫は傾いてゐる

あえかなる匂ひ菫の紫は低山の道に咲きてをりたり

朝の日に向ひて飛べる飛行機の窓より下に雲に光さす

雨の後

このまま一生走る事は出来ぬのか人工十字靭帯付けしこの足

パンドラの箱の隅に残りたる希望と言ふ名の薔薇の花見る
蜜柑の木真昼間の日に照り映えて海吹く風も和らぎて来ぬ
梅雨晴れに杉の木立に鳴きにける鳥の名前を聞かれゐる午後
雨の後瑞々しい声で鳴く小鳥姿は見えず杉の木立に
45ACP弾はスムーズにソフトなタッチで反動軽く
左手にてブロックをしてM1ライフルの焼けた薬莢払ひては撃つ

降り続く雨

降り続く雨に萎えたるわが心さ緑の竹撓ふ悲しさ

ある時はマトリックスを見る様に人生を突き放したき時がある
結婚だけが人生ぢやないよだなんて言ふのはただの慰めなのさ
諂ひや嘘のお世辞言ふけれど頑張つてゐる己れと思ふ
寂しめる心のありど妻に言へず言葉にならぬ祖母への思ひ
我が内にある空虚なる思ひさへ妻は知るのかこの今の時

寺の甍に

この朝の寺の甍に日の差して潔癖なまでの白き芙蓉か
ショートも似合ふよと言つたなら仕方ないのよと修道女になる女

あんたらは死んだ者らの為にただ栄えゐるのだ寺といふもの

夕風の吹く土手にゐて佇めば嗚呼昼顔が揺れる昼顔が揺れる

グロック18Cを撃ち終はつた時のあの沈黙が好き

愚かとは思へどただに愚かなりその愚かさが生き甲斐となる

ノクターンの調べに誘はれ寄り来るか色黒き蜘蛛を壁に見つめる

金の蘂耀ふ如く咲きてをり白き芙蓉は西日の中に

山門の何処を潜つて通るかでその人間が分ると言ふ人

二〇〇一年

サタンの言葉

暗き雲の立ち込める東を背景に山は西日に照らし出されぬ

懺悔して自分の過ち悔んでも許してくれぬ友一人ゐる

一部分黄色くなりし銀杏の木一際目立つこの大木は

水嵩の減りたる川は水澄みて数多の鯉ら潜みて住めり

鯉ら住む川の辺を行く遊歩道アメリカ人は声あげて行く

イエズス会のあの神父こそ許し難しサタンの言葉吐きて今病む

太陽の光は海に及べどもたえず変化す光また光

雲間より出づる光に変化せし点描のやうに輝ける海

朝の日は眩しきまでに照り返し襖や壁に光は及ぶ

染み渡る伊豆の空気よ青芝は朝露含み輝きてをり

藍色の闇から全き闇に変るまで仕事続けし今宵ふる雨

夜中まで赤き闇に包まれて軍港横須賀夜も眠らず

木立に

刹那なる溜息のごと唐突に木の葉が一つ散り落ちし事

木の葉より見出し熊のぬひぐるみ一つぽつんと捨はれずあり
もみぢ葉は色よく違ふ葉のありて櫟は黄色く今もみぢする
楠の木は見上ぐるほどに大きくて冬枯れの木立に大きく聳ゆ
泡立草種子に成りたる綿の房静かに垂れて風にそよぎぬ
へろへろの親子の様に顔丸くよく似てゐると言はれる私
雲あれど日は昇るらし元日の空高く仰ぐ妻の祈りか
束の間に行くて阻まれ夜の道恐る恐ると坂下り行く
濡れた髪凍れる程の冬の夜を気だるく今日も考へてゐる

日は長くなれど寒さの募り来て茜色の坂を下りて行きぬ

悪の手

雪溶けて砂ぼこり立つ道路ゆゑ顔をしかめて我は警備す

それぞれにそれぞれの愛の形がある結婚をして初めて知りぬ

頭からすぐに足生え坊主なるオウム真理教を恐るる夢に

身近なる所に悪の手伸びてゐて見ずに返したりオウムビデオ店の夢

何時になく穏やかなる顔をして結婚記念日迎へむとする

蝶の様にか弱き心持つ君を愛さねばならぬ守らねばならぬ

子は持たぬ決めた夜からおのれにも厭世主義の始まりを感ず

一日の終りを告ぐる太陽のみるみるうちに山の端に沈む

野良猫も密かに厳しく生きてゐる人に媚び売り人に諂ひ

なんとなく時を刻んで行くうちに恥ぢらひさへも失つていつた

子がゐたら不憫と思ふ我が暮らし子をもたずして一生終へむ

忘れ去り捨て去つた思ひ出なのにバラード聴けばなぜか切なき

美しき思ひ出だけではなかつたがただ太陽が燦々として

梢高く楠の葉擦の音がする風強く寒きこの二三日

連翹の黄の花濡らす春の時雨風過ぎて後花の零るる

なんといふ事であるのだ鬼芹が鯉住む川瀬に一斉に咲く

黒き鵜

まだそこに命があつたと言ふ様に電池の切れない忘れられたスウォッチ

ぐうたらで目も当てられぬ怠け者このまま一生終へてしまふか

不義もなく不善もなくとも偽善者だだからこの朝一人祈るのだ

年に一度海外旅行に行くと言ふ子供なき妻は奔放にして

黒き鵜が岸の小島に一羽ゐて海に潜りて見えなくなりぬ

暗き雲は空をかすめて降る事なし足早に歩く人を見てゐつ

心痛を覚える如し妻の事萌えの始まるさ緑の頃

杉の葉の散りて溜まれる木曜日遠くの友が局へ訪れる

妻の心

降る雨に梅の若葉の柔らぎて葉の陰にゐる雀の見えず

梅雨入りに朝からの雨に杉撓ふ音の増し来る厨の窓に

降る雨は増し来る如く音高く抗ふ如く跳ね返るなり

若き日の切なく優しき心忘れまじシュトルム全集手元に並べぬ

雨も止み妻連れ立ちて散歩など犬と走つたあの日の様に

妻は今涙を浮べ歌を書くその心我にもありや

同情とも愛ともつかぬ思ひもて妻のする事ただ思ふのみ

死の安楽

浮く草のたゆたふまでの中にゐて緋鯉一匹動かずにゐる

その日その日が無事に終はればいいと思ふ高校時代と変はらぬ思ひ

水笛の如くに鳴く鳥の声のさやけく雨降り止まず

朽ち果てるままになりたる洋館はいつしか鳩の住処になりぬ

禁じられた遊びの如く日々過ごす結末などは考へもなしに

諦めは死の安楽にも似てゐるか一人の心に一人笑ひす

現実は堕胎手術を受けてゐる子供の様にぐしやぐしやである
　文字の羅列よ

あえかなる花のくれなゐは優しくて心は遠くありてもここに

その花の色変らねど紅の薔薇昨日と違ふ思ひのありぬ

おさげ髪のＦＡＸにて届きし子の写真可愛く可愛く座つてゐる

静かなる情熱もある事を四十にして初めて知りし

古き歌の魔力がとけて色あせる文字の羅列よ呪ひ文句よ

吾が妻が他の女に替つてたそんな夢みて一人ゐたりき

四辻のわきに埋められしわが友の墓も今は参らず

子の為に金子みすゞは命断ちぬその心今の我にありやと

何もまだ死ぬわけぢやなしゆつくりと考へてゐればいいのだ

絵画の中に

今日もまた枯れし蘭の葉切る夕べ何事もなく日は暮るるとも

油絵の絵画の中に居る様だ松あり電柱あり夕映えの坂

桜の葉散りて溜まりて沈みたる鯉らは見えず彼岸過ぎの日

淀みたる川の淵へと群れなせる鯉らはゆつくり口開けてゐる

報国寺夕刻告ぐる鐘の音を聞きてここに来て早や幾年か

熱きエスプレッソが溶け合つてアッフォガードは溺れると言ふ意味

吾が子との十七年ぶりの再会を終へて吾が妻安らぎて眠る

二〇〇二年

追悼歌

距離を置き敬つてゐただげなのにぽつかり空いた心埋まらず

九十二の誕生日の祝ひに歌つたあの歌 The shadow of your smile

有るがまま思ふがままに語られきされど人の矩《のり》を越えず

車椅子引いたあの日は逞しくいい体してるねと言はれた私

来るものは拒む事なしと詠はしめ心の広き人と知れども

水増して流れの早き川の中を抗ふ様に鯉は遡上す

葛の葉は色極まりて松の木にその黄の色の秋はたけ行く

死の色は雨に濡れたる桜木の黒ずんだ幹の冬枯れの色

楠の木の枯葉透かして落ちて行く夕暮れよ今日も幸の多きに

侘しくて秋の暮れ方声を聞く栗鼠は未だにこもらずにゐる

最低限人間ですよと言ふだけでこの私にプライドが無い

暮れ時の藍と茜のそのあはひ紫陽花色と言ふ詩人あり

鴉が一羽

霧の中わけ出で通る帰り道ハイビームに霧の帯が漂ふ

心根の貧しく卑しい我なれど神の存在尊く感ず

歌などは所詮人とのコミュニュケと感じてをれば一人思ひつ

死の色に葛は枯れはて葉隠れに黒く光れり鴉が一羽

ヒヨドリの声ら悲しく朝明けて東の空は朝焼けの色

梅の木を越えて向ひの家々は朝の茜の色になりつつ

屋根梁も茜の色に移りゆくただ一時の事と思へど

風に散る梅の花びら掃く頃を寒さつのりて風邪の治らず

悪人に成りきれたなら楽だらう善人とも言へぬわが日々にして

日差しの移ろふ如く人の心もうつろってくれれば良いのに
目を射る様な夕日を眺めたり若き日に見た孤児の眼差し
血が薄く体の弱きこの吾に一羽の雀の残像のこる
晴れの日は梅の木に集ひ風の日は軒に集まるこの雀らか
風吹けど木の葉の散らなくなりし頃夕暮れ時に鳶が一羽

寒椿

何故に花は咲くかと思ふなり季節は巡りされど変らず
寒椿散りて汚き血の色に唾はきて来ぬ仕事帰りに

満開の桜の花を仰ぎ見て心の怒り静まりて来ぬ

桜らの今年は早き花の色日の暮れ時に冴えわたり行く

この川は怪しき影を持つものぞ夕べ哀しく鯉は潜めり

風強く雨やみし後の街道に風花の様に散りくる桜花

我が庭は鳥鳴きむれて鳴き交はす白々明ける頃となりしか

生きる事つらきと思へば辛かりき仕事があれば幸がそこにある

川沿ひの枝張り出した楠の木はイタリア絵画の様に動かず

立哨し人の様子をじつと見るよく見るそしてつくづくと見る

病む事を知らぬ子供でありにしに病める大人に成りて苦しむ

なんとなく恥づかしいおももちで妻の娘に声をかけたり

幼らの顔を見たならこれからも頑張れさうな気が湧いて来る

血よりも水の方が濃し妻に分からぬ私の思ひ

我が腕をあなどるなかれ傭兵のジョージに習ひしアーミー射撃

何故かしら良い人だとも思ふけど金のバッジを付けた知り合ひ

外人バー海兵隊と腕相撲をしたあの頃にもう戻れない

明るき日燕は来ずに人の来る今日の一日は穏やかにして

生きる事

紫陽花の紫憎き五月闇梅雨の明けない陰鬱な日々
雨上がり道路を低く飛ぶ燕バイクの前を吾よりも早く
かくれ蓑の木の下に座つて警備する程良き日影になれる七月
なんとなく切なくなりぬ夏の午後静かに静かに何かが変つて行く
生きる事つらいですかと聞かれたらもう慣れてしまつたと答へるだらう
私の心はあのボタ山に揺れてゐる橡林の枝先にある
なんとなく寂しい心癒すためゐるものなのか親といふ者

八月の光はわづか斜めにて三時を過ぎて木陰を作る

日影にて水やり育てしシクラメン立秋過ぎて赤き花一つ

降り続く雨の降る午後葉隠れにしきり鳴く栗鼠ゐる林

朝顔は朝な朝なに大輪の花咲かせをり露乾くまで

朝の日は向ひの壁を照らしゐて西空は暗い曇天の色

早くから山鳩鳴きて鈍色の空白々と明けて来れり

二〇〇三年

夕暮れに

曼珠沙華道の辺に咲く彼岸すぎて祖母の事など思ひてゐたり
何となく寂しさつのる彼岸なれ雨降り続く昨日また今日
ここに来て片端になりし事もみな無念と思ふ公社化なれば
夕暮れに嘆かふ声もとどかずに柿の木の実は幾つも熟れぬ
こんな事に悩みて一日終へてゆくなんと小さく意気地無き吾か
風呂の水使つて洗濯する事も吾は覚えき共働きなれば

蔦の葉の紅葉早く散り始むまばらに壁の白きを見たり

象の檻

黎明の光は未だおよばずに上弦の月東の空に
まばらなる雲の下には海の見え海には雲の影が映れり
着陸の態勢になり海が見えアカペラの賛美歌がイヤホンより流る
ちゅら海の東シナ海夕べには岸と沖との色異なれり
ブーゲンビリア葉の色は花の色に似て咲きたる花はいたく小さし
鉄柵の米軍基地を象の檻と憎しみを込めてバスガイド言ふ

ここに見るグリンベレーをバスガイドは悪魔の兵隊と恐れてゐたり
　　鳴呼年が行く

寒桜枯れ落ちるまで紅葉して花はまばらに白く咲きたり
西空に棚引く如く紅のいろ少女の如くさにづらふ富士
夕食の明りの灯る部屋からは子供らの笑ひこぼるる事なし
厨より笑ひこぼるる夕餉には寂しさ募る子供無くして
我妻の孫らがわが子の様に思へて一年となりぬ鳴呼年が行く
来年は悩み事など抱へずに少年の様に生きてみたいよ

何となく過去を成算するやうな年月だつた去年は特に
　なんだらう
木の葉焼く煙籠もりてこの谷戸の西への道は何も見えゐず
寒梅に寒さつのりて夕べとなり東の空は雲は灰色
語彙増えていつも挨拶する園児母に連れられ帰れる時に
一雨ごとに日に日に暖かくなる如く汗かきてをり今日の仕事に
しとど降る雨にガラス戸汚れをり海辺の雨は砂を含める
なんだらう私はいつたいなんでせうこの頃少しは理解されをり

雨やみて鏡ガラスのビルの窓にＭｏｂｉｌの字逆さに映る

ショパンは偉大なるかな我が聴覚をなんと遙かに凌駕してゐる事か

春一番吹いてまだ散らぬ白梅に鳥ら集まり飛び騒ぐなり

秀でたる子供に育つと聞かされて家の真中に母植ゑし梅

朝の日を受けて耀ふ白梅の花々揺れる今日吹く風に

時々に声あげ吠ゆる我が犬の物憂く思ふこの朝なりき

おくる日々心配の事の絶えずして吾の頭に白髪の増えぬ

もうだめだもうだめだと思ひながら公社化成つて社員証貰ふ

フォーント神父

鬼怒川の前にありたる部屋の窓を開ければたちまち川の瀬聞ゆ
花終り梅の若葉の萌える頃しきりに雀餌を欲しがる
低気圧近づく空に風吹きて風花の様に散る桜ばな
うつりたる我がネクタイは薄汚れなんとみすぼらしく吾はゐるのか
良い事も悪い事をも胸に収めフォーント神父はあの世に逝つた
一時は妻を起さず本を読みぬ八重の桜の花の散る頃
濃く淡く茂れる梅の枝陰にて雀は鳴けり朝な朝なに

桐の花紫淡く咲き出でな行き交ふ人も声あげて通る

小泉首相の国民の痛みはよく分かる程我が家は危機にひんしてゐる

この五年の悔いを残さず最後まで事故のない様に勤めたりしか

内務やり集荷も掃除も抜かりなくやつてゐたのに廃止やむを得ず

建長寺にて

末枯れ行く花の心も知らずして季節を過ぎた紫陽花の小道

雨の日にナデシコの花買ひ来たり見てゐる時に花の咲きたり

色白き芙蓉の花は蕾ごと雨降る庭に花落しをり

蟬時雨聞ゆるままに夏過ぎぬ草刈りに向ふ建長寺にて

蜩は小暗き道に鳴き始む西日傾く三時頃には

とどかずに生きうる事の楽しさも君の心に今は絶えしか

友情も私情も絶えて今あるか死にうる事は全てすつる事

藍の色よ

降り注ぐ太陽の日を浴びてダチュラの花の花陰に思ふ

靴音も聞えぬ程に静かなりこの図書館の仕事始まる

葉に白く露おく時に家出でぬ道に色黒き蝶を見ながら

悪しき事考へ及ばぬまでになほ健全な暮らしおくれる喜び

カントの様にこれで良いと死ねぬからこれからだよと言つて果てるよ

地平線と空のあはひは靄立ちて天空の空よその藍の色よ

緑なす丘のなだりに白き壁の建物並び日に映えてゐる

二〇〇四年

雨の夕べ

冬の日は煙たなびく函館に四年をりしと窓見て思ふ

今は亡き教授を思ひ涙ぐむ切なかりしをこころの内に

雨の夕べ笠をかぶりて並びたる港南区にある十体地蔵

寒桜雨降る中に二木とも花咲かせをり心やすまる

上弦の月かいま見え東の空に雲は茜の色となりつつ

白みゆく空の彼方に月のこりはだらの雲は東へ流る

山芋の蔓は色づき冬枯れの枝にからまり木枯らしの吹く

ここ三日底冷えのする日々続き銀杏並木は色づきにけり

朝日差すこの並木道の銀杏の木冬枯れの木の枝あらはなり

好きで吾こんな体に成つてないもう責めるまい我が父母の事

寒桜雨降る車窓の中よりか暗める中に花咲くを見る

煙草吸ふ時だけ吾の毒舌も煙となつて消ゆるとぞ知れ

午後の二時

仲の良い夫婦が他人になる時はプレステでミリオネアのゲームする時

見に行けば小一時間に絵を描きぬ父はポットのコーヒーくれぬ

喜寿過ぎて七十八歳誕生日父は朝から絵を描きに行く

冬の日は翳りてをりぬ午後の二時ひそみ咲く水仙の花末枯れつつ

友人も遠のいて行くわが家にて妻の悩みも日毎募りぬ

実習を終へて職を探す日々日毎募りぬ妻の言葉は

芥子は枯れ色白きスイトピーのみ残りたる妻活けし花玄関に咲く

愛すとはその人にかけた時間だとシスターに貰ひしその人の本に

白内障進行止める目薬を四十にして医者からもらふ

自らの出来うる事は知つて居るつとめて妻に優しく接す
子も出来ぬ体に成り果て今あれどされど幸せこれからのことも
強欲も私欲も無くてゐたりしが童女のやうな妻の顔見る

貧しさ故に

思惑も無いまま時は過ぎて行く恥さへ知らぬと言ふか
罵倒する声は高まり我居らぬ時に何やら話しこむ仲間
これから先掃除夫になるか留まるか今朝自衛隊にゐる夢を見た
我はただ貧しさ故に心まで貧しくなるを友に知りたる

最近はシュトルム的な厭世主義からまあいいかの楽観主義に変つた

人生諦念ほど心を開放してくれるものは無い

地下鉄が地上に出でて晴れやかな気分になれる時が嬉しい

不快指数なほも上がりて元気なり死ぬまで分らぬ人といふもの

これでなら真摯になれると思ふのみ祈りの様に歌を綴りぬ

歌を止めたら私の一部が死ぬやうでいたしかたなし詠みて果てるか

雨やみて青空さへも見えてゐる雲あり雲は夏の雲なり

毎日のストレス溜まる仕事には朝はつくづく行きたくはなし

障害者としての痛みを覚ゆ今日の事何をやっても裏目に出でぬ

雨やめど屋上の上は潤ひて差す日静かに人映し出す

ユジンの家

色赤き十字架が点在すソウルの街どこの国より親しみの湧く

ことごとく濁音はぶくキムさんの話に慣れて親しみのあり

坂道を登り来たりて辿り着きぬ階段険しユジンの家は

ユジンの家に住みてをりたる女の子カムサハムニダと言へば会釈す

韓国の悲しき歴史思ひつつアリランの歌の悲しき調べ

北の漢江の静かな流れ見つつ行く春の川に二人こころのままに

二〇〇五年

灰色

体の復活永遠の命を願ふのみこの世での事はこの世に限り
白でなく黒でもなくて灰色がこの世の中と教へし人あり
見えるもの見えないものまで照らし出す太陽の下の人といふもの
仕事して祈る事のみ覚えたる主の祈り聖母マリアの祈り
自らの容量超えたものなどは消化の出来ず戸惑ふばかり
自らの愚かさ故に大人しく目立たずゐるも処世の一つ

何故か光を保つ雲の間に青空見えて雨は止みゐつ

ゆり動かさず心を保つこの夕べ子供は人格形成出来てはをらず

これ以上ミスををかせば自らが職を辞さねばならぬと思ふ

なにとなく寂しき思ひにわがありて日に真向へばゐどころもなし

今会つたなら後戻り出来ぬ恋と思ふこの十五年で変りし吾は

何となく辛き事のみ起こるなり何処にゐても何をやつても

幸せな時ほど死にたく思ふ日々耐へて耐へて日々を送れり

あひともに和む心か居間にわが妻の話を聞きつつゐたり

地下鉄がプラットホームに着く時は風速十メートルの風が吹くといふ
雪柳活けて妻ゐる午後三時にはかに風花外に舞ふなり
子がなくて侘しく思ふ午後の事妻子に電話するサラリーマンをり
　切り株白し
しがらみは年々増えて岸にある赤錆色の廃船に似る
満ち来る波の胎動にしばし怖ぢ気つつ昼下がりの浜晴れて雲なし
薄明に目覚むる朝色冴えて屋根の雨音聞きつつ若葉の色は
雨音の止みし時の間韓流のドラマ流るるこの昼下がり

雨にぬれ欅の若葉目に冴えて枝切られしか切り株白し

低空を飛ぶヘリコプターに驚きて黒き海鵜は飛び立ちにけり

日の当たるカンナの咲ける細道は遮るものなく日の当たりをり

小さなる容器にきつちり収まれる鶉の卵同じものなく

自らが嫌ひと思ふこの人と親しく口をきいてゐる私

血の色にカンナは咲けり鎌倉の踏み切り渡る左手の道に

薄色の大きい葉を持ち紅のカンナの花は背よりも高し

詭弁だけで中身のない人今多し小泉首相も細木数子も

泣き叫ぶ子供の様な心持つけれども吾は話す事なく
韓国のドラマ悲しき恋歌見てこの夜泣けるわが妻なりき
開票後ショックを超えて笑ひ出る一党独裁なんでも出来る
憲法九条変へてはならぬ戦争を深く悔やむ心に
平和とは努力を要す得がたきものと大切にしたい
何となく寂しき思ひいたすなり何をしてても何を聞いても

残りの半生

人の生定かにならぬ世なれども永らへる命去り行く命

この道に熟れた柿の実が落ちてゐる柿の実が落ちてゐる
これからは残りの半生償ひのため生きようあとわづかとなれば
有り余る自分を主張する事せずにただひとりかく生きて行きたい
早くこんな醜い体から抜け出して魂になりたいと思ふときあり
今日もまた鈍き夢見て日の暮れぬ憎む以外に何が出来たか

二〇〇六年

生きかた

強がらず強情張らず頼りない程度の男でも良いと思つた

砂利道を歩くと向うから雪虫に囲まれたそろそろ雪が降ると友言ふ

死を恐れ生をも恐れ人間の吉野秀雄の歌の如くに

あまり多くを望まずありのままに生きて行ければ幸せと思ふ

現実に我が子に逢へば吾が妻は子供の事に気苦労多し

不器用な生きかたをする娘見て何も言はずに親は強く生きるべし

水上生活者

香港の水上生活者はこの頃は水上マンションに住める驚き
大陸の山の端見えてゴールドコーストのいま明けてゆく五時前の時
ハイビスカスの上に小鳥の止まり来て小さき声に鳴きて飛び去る
不思議な事に何度やっても同じ数の出るおみくじをやる
心に念じ手を合はさずに祈る事お御籤を振ること
左手にて握手してくる香港のミッキーマウスに少し戸惑ふ
香港島の頂で見下ろせる光の渦よ唯物的な光の街よ

我が生は何一つ変らずゐたれども我が目に眩く映る紅葉

幾度も見し紅葉の華やぎに人の死思ふ何とはなしに

良い信者良い夫を演じつつ我が魂は萎えて行くのか

虐めの社会で四十四まで生きて来てほとほとこの世が嫌になりました

昼下がり

空襲にて父を亡くししわが母よ痛みは長き祈りに現る

何ゆゑに甚振られつつ生きてゐるのか分からぬままに

言葉にする空しさを知る昼下がり妻は一人で雪だるま作る

ひたすらに何かしてゐた妻と居て安らひで見えて安らひてゐず

まだ三時薄ら明りが西の方明るめる空かビルの狭間に

カーリングの試合を見ながら思ふのは女ばかりの職場の事か

猫は猫でプライド持つて生きてゐる卑屈になれる吾が疎まし

勝手なる遺言書書きて夜が明けぬ目の冴えて今朝も眠れず

金故に我が子守れぬ悲しさに私の中で何かが死んだ

復活祭の朝

箱根の山の冬の陰りは早くして日の当る山日の当らぬ山

目の高さと同じ高さにある雲よ黄昏の前の最後の光

枝打ちされた杉の木の幹は白々と頂あたり見えてをりたり

湯上りに外のわが庭を通りては部屋に帰れり体少し軽く

君は怒つてゐるから間違つてゐるのだとシェークスピアは言へり

何とはなしに雨の暮れ方切なくて自販機の光に寄りつ

眠くなると右指衒へ左指で耳いぢる癖今も忘れず

江ノ電にて極楽寺より七里ヶ浜に向ふ時海が見えると言ふ声のする

自らの子がゐない事がこんなに寂しいのか地下鉄の暗き窓に向ひて

来た人の忘れ形見か閉架書庫に桜花弁ひとひらありぬ

復活祭ご聖体貰ひ跪くアヴェ・ベルム・コルプス壁に染込む

冴えぬ心晴れぬ心を映しては灰色の海を行く復活祭の朝

小糠雨降りて日の差す海岸の駅降りてのち海を見渡す

湖畔に

函館山は頂見えず霧かかり柵に凭れて市電待ちをり

鈍色の大森浜を下に見て町の向うの山に日の差す

上目使ひに天を見上げるテレジアの瞳は濡れて雨の中に立てり

新緑の白樺の森はかぐはしくトラピスチヌの森は息衝く

古き古き木造倉庫は建ちてをり木製の精米機が置きてありたり

狭霧立つ湖畔に少し休むときたまゆらわが見つ北狐一匹

表面張力に鏡の様になりし湖か小鳥らの声を聞きて休める

死に際の光はたぶん八月の黄色く暑き日差しと思ふ

此処までもよくぞ醜くなるまでにながらへしとぞ吾は思へり

甲斐もなく生き来し今日は誕生日澄んだ空気に眩き光

静やかに竹の葉擦れの音がする何故か小雨の降る音に似て

音もなく青葉が風に揺れてゐる小鳥らがいつも集ふ梅の木

二〇〇七年

小町通り

澄む川に羽虫一匹飛び込めり抗ひながら流される見ゆ

日を避けて小町通りを裏に抜けアメンボ泳ぐ川に沿ひ行く

貧しさの故に多くは去つて行く痩せし雀を梅の木に見る

今よりも更に貧しき二十代不幸の原因を吾は知らざりし

下垂形に妻の活けたるりんだうに幼き頃の思ひ出のあり

今まさに泣き出しさうな空の彼方稲光して閃光走る

冬の日の日溜りの中口を衝き歌ふあの歌千の花千の空

理不尽な屈辱あびて鬱になり手首を眺め切りたくなりぬ

所詮この世は仮の住まひか自らを傷つける程の力もわかず

理解できぬ頭の闇に苦しみて人の語調は更に高まる

新しきしめ縄張りて年を待つ人静かなる扇ヶ谷の暮れ

肝臓を病みたる妻は熱もちて額に頬をつけて動かず

一斉に雀の鳴けるこの夜明け妻は寄り来る暖を求めて

仕事中だと言ふのにかかはらずエレベーターまで見送りし友

何故に生まれ来しかと考へる辛くて長き今日の一日か

第三楽章

灰色の雪の降り来る空を見て悲しくあるか己が命の

仰ぎ見る灰色の空より果てしなく降る雪よ今の吾が叫び届かず

化粧坂段差厳しく途中より泥濘みて来て引き返したり

未だ青かりき冬の海に西空低く夕日沈めり

音もなくたゆたふ儘に光返し白き帆のヨットシルエットは残る

遠景は春霞せし幾つかの屋根は午後の日の光返せり

入日赤くテンペストの曲流れたり急かるるままの熱き情念
急く様に追ひ立てる様に若き日の情熱にも似しテンペストの曲
テンペスト第三楽章聞く度に無為に過ぎたる若き日思ふ
自らの恋の情熱そのままにテンペストの曲に急かるるままに
冬枯れの枝に花芽の付く様に春よ私の身の上にふれ
花冷えの曇天の空に桜の花は涙を湛へ吾に降りそそぐ

白き牡丹

杉の木に見え隠れして頬白は朝露含む枝を飛び交ふ

足悪き吾の為にとこの娘椅子を花見に用意して呉れき

中空に雨雲暗く掛りゐてビルも車道も湿りたる色に

筍を取りに廃墟の研究所多くは先に取られてをりき

吾が姉の勤めてをりし野村総合研究所廃墟となりて見る影もなし

緋牡丹の八重の花びら光沢を持ちたる絹の輝きに似る

若萌えの楓の下に白き牡丹源平池にふかき息する

夕べ池の葉隠れに一つ蓮の花薄き紅の蕾は固く

日に向ひすかし百合は群生しことさら映える橙の色は

半夏生白く靡きて午後の日になにごともなき大切さ知る

暖かき千倉に向ふ電車にて女は軽く瞼閉ぢたり

外海は沖より白き波の寄る海岸線の長く続きぬ

轟ける波の飛沫《しぶき》を感じつつ房総の海は今日も荒れたり

思ひ出は菜の花畑の続く畑見つつ乗り継ぐ房総の春

二〇〇八年

霜月の頃

実朝に歌あれかしと祈りたり山茶花の散る霜月の頃
寿福寺の杉と楓の参道の苔産す石に木洩れ日が揺れる
苔産せる石垣に光は揺らぎつつ参道を通りて実朝の墓に
鎌倉の掘りては埋むる道路工事母は鎌倉彫と言ひて笑へる
日傘もつ貴婦人の足に纏はりつく犬よまるでショパンの子犬のワルツ
薄らと蒸気が上がり霞み見る揺るがず立てる青き柳か

秋風の吹きて肌寒き今日の一日青色の花は青色の花を散らして

朝よりの雨止みて後西空は明るみて秋の雲は斑らに

線路際まで荒ぶる海は波立ちて小樽の夜の停車場に一人

西空の低き所に月出でて十二月の街を照らしてゐたり

貧しさも心の曇りもなき子らをよしと思へりクリスマスイブ

十月桜

朝からの雨に打水した様に午後の長谷寺涼しく巡る

唯心論のうちに心を清く保つ神父よ理性さへ人の本能に思へて

文学館の招鶴洞を抜ける時楓透かして木洩れ日の落つ

誰が為になすと言へども信仰は己れ一人が信ずれば良し

君の場所埋むる人は他になく季節は巡りまた春が来る

雪柳長き花房揺れるとき吾にも悲しき思ひ出のあり

徳永英明を聞きつつ古今和歌集を入力したる今の歌人あり

今はもはや張り子の虎の小澤一郎をもう信じまい次の選挙には

手の届かぬところに白き十月桜あの春の日の華やぎ思ふ

この冬を通して咲けり寒桜籔引くお宮の社の森に

母の名前

藤棚の紫うすき花房は照る日の影に今朝咲きてをり

藤なみの花咲く影に休む時いかなる夢を吾らは見むか

房垂れて影あはき藤の花の下乾ける風を感じてゐたり

藤波の花をし見れば幼き日の西新井大師の藤棚思ふ

二十八まで母の名前を書けぬ娘よ電話の声は妻の姉に似て

電話にて母の名前を聞きし娘母と呼ぶのをためらひながら

由比ヶ浜にごり逆巻く冬の海は崩るるままに飛沫を上げぬ

明日の日は予測できぬと思ひをり公園に一人「ホームレス中学生」読む

病める友のささやかなりし記念の品の籐の子鳩は新婦の様に

一本の梅の花咲く教会に心の病める友は式挙ぐ

証人となりて見守る我ら二人静かに友は夫婦とならむ

緑深まる

太宰治の斜陽の様な文章を医師の従兄弟に書きし夕暮れ

心臓を鷲摑みされる心地して人はこれを不幸と呼ぶか

聞え来る子供の声に苛立ちて残酷といふことも知るべし

午後三時部屋から見えし渓谷は霧が掛りて見えなくなりぬ
唐松《からまつ》の林を抜けて西《さい》の河原湯の湧き出づる谷暖かし
木の下の暗がり増せり寿福寺の敷石道に影を落せり
外門を潜れば楓の青き葉むら清しと思ふ寿福寺の初夏
凝灰岩の崖を背にして百日紅夏の日差しに照り映えて咲く
居士林の楓の緑その脇に龍隠庵小さな石碑あり
木の蔭をしばらく歩む山門の怨親平等の円覚寺にて
半ばより崩れてをりぬ鎮魂碑大正八年と書かれてをりぬ

舶来の葉巻燻らし自らの時の来るのを静かに待てど

貧乏臭い西日が差してる貧乏臭い一人呟く自虐の詩を

台風に面掛行列は中止となり御霊小路を一人帰りぬ

父の病公孫樹が黄葉する頃に治るねと言ひて二人で鼬川渡る

二〇〇九年

籤引きて

雨の日に芒穂垂れて鼬川鯉は抗ふ背鰭を見せて

この川に見馴れし緋鯉一匹を雨止みし時見て帰り来ぬ

降る雨に石の階二人して危ぶみながら登り行きたり

私が父の年になつても父の様に心配されぬ孤独を思ふ

去年ほど自らの思ひに確信はなし今年も十月桜咲き始めたり

防犯の人らが叩く拍子木の凍てつく夕べ近くに聞ゆ

小町通りで居眠る車屋の青木さん禅の老子の境地にも似る

凶の籤引きて結びぬ鎌倉宮身代り人形の文字を読みつつ

我が妻の災ひはこのごろ常の如サタンに試されてゐると呟く

何一つ良い事なかつた今日の日に西空は美しき夕映えの色

寒さ増す庭に開きし葉牡丹は霜置く師走の静かさとして

紫陽花の小道を抜けて居士林の楓の青葉瑞々しけれ

深沢の御霊神社のやしろの森に冬枯れ銀杏白く際立つ

海の底見えるくらゐに冬の海は澄みて渚を離れぬひとり

空と海ふたわけしたる今朝の空光が及び雲うすれゆく

彼方の虚空

朝からの霜は大方溶けてゐて収穫されし蕪積まれをり

冬枯れの公孫樹並木をゆつくりと父と歩みぬ病院へ向ひて

茜色の光は及ばずなりにける西空に低く溜まる夕映え

事ある毎に父は素直に礼を言ふ今迄になき事と思へど

雨の日に仄かに匂ふ梅の花瑞泉寺の庭に友伴へば

僧も呼べず密葬なれど吾が父は献花の花に埋もれてをりぬ

小坪の火葬場より帰る時父の骨壺にまだ温みあり

たゆたふままに輝きを増す沖を見つ亡き父思ひわれは一人か

梅の花散りて斑《まだら》なる屋根見つつ何処からか子供の笑ひ声する

色薄く茜差し来る雲の間に厨の窓より見る午後六時

来む春に去年の葉散れり思ふ事なしに楠の緑の若葉の下に

吾一人登記に向ふ停留所辛夷の花の白く咲き継ぐ

遠賀川の風に吹かれて青き河原山々を見つつ妻と歩めり

山肌が山桜に覆はれて仄かな色の山見つつ行く

旧新の一体に成りたる門司港の赤い煉瓦の倉庫を見つつ

あの世への入口があるのかと思へるほど桜は吹雪く彼方の虚空

坂口安吾の小説の様に桜とともに昇天をせむ

午後八時一人眠りたる母のトランジスターラジオ消しに行く

野良猫を茜がつつむ夕べの時このふとした事が心にとまる

窓際の蚊連草《かれんさう》は花咲きて羽音うるさく熊蜂《くまばち》の飛ぶ

帽子とりて青葉にそよぐ風受けぬ一番好い季節と言ひて二年か

光の帯

紫陽花の小道を抜けて極楽寺成就院の坂越えしかば
忙しき楽しき今日の思ひ出に一葉の写真撮りて貰ひぬ
岸近く砕けて白く逆巻けり沖の波待ちてサーファーは浮く
弓なりの片瀬の浜は潮凪ぎて浜に無数の秋アカネ飛ぶ
須彌壇に登りて和尚火を点す古き仏の居並ぶ中を
天井まで届くが如き羅漢像左目が闇に輝きてをり
住職は一人紫の衣着て経典持たず経を唱ふる

寿福寺の敷石道を歩む時苔生す石の色のさやけく

入院中父の好みしドリップコーヒーのコーヒールンバを寂しみて聞く

吾が妻はシャーレに乗りし生々しき肉片を見て青ざめてゆく

多く取りし右の乳房の出血にて再度開きて止血せしと言ふ

手術にて女医は転移の後認め二削《ふたさく》の肉を別に取り分く

子供らが帰りてゆきし部屋の隅に緑色の風船ころがつてゐる

母と共に光の帯に手を振れり精霊様に別れを告げぬ

濡れたまま岩の上にてカリカリと頭から魚食む川獺《かはうそ》のをり

ゆらゆらと肉の固まり近づきて巨大な黒犀の存在感は良し

左右にて頭ふりふりレッサーパンダ落ち着きなく二匹ガラスの檻に

冬眠室に静かに眠る羆《ひぐま》一匹カーテン越しに暗闇の中に

一際大きなボス猿の背を子猿が一匹蚤取りてをり

キリン科のオカピの首は短くてしかしキリンの様な角持つ

あとがき

本歌集は、平成十年（一九九八年）の短歌21世紀創刊号から同誌平成二十一年（二〇〇九年）十二月号までの作品を収めた。

私は今は亡き、滝波善雅氏を知り昭和六十三年の十二月号からアララギの会員になり、平成元年の四月号に今は亡き吉田正俊先生選で初めて一首掲載された。その後アララギの歌会にて大河原惇行先生に出会い、個人的に歌を見て頂く様になった。平成四年に大河原先生の主催する歌誌ポポオの第四十七号より同誌の会員となり歌を掲載して頂いた。

アララギ終刊後、いままで通り大河原先生を頼り「短歌21世紀」に迷わず入会した。先生は若い我々に自由に歌を作らせて呉れた。しかし、今は亡き小暮政次先生や大河原先生の歌会は厳しかったが、的確に我々若い世代にも分るようにいつも説明してくれた。平成十一年一月号より大河原先生は、若手の為にウィング21と言うページを自分たちで作らせ研鑽の場を設けて下さった。そこで沢山の同年代の歌友が出来た。後に先生を困らせウィング21から飛び出してしまうが、ウィング21が若手にとって良い勉強の場であったと今も思っている。
平成二十一年二月十三日に私の父、加藤文男が肺癌で亡くなった。来年でもう三回忌に成る。絵の好きだった父とスケッチに行った歌、親不孝して心配を掛けた歌など沢山あるが、父を最後まで看取る事で、少し今気持が和らいでいる。そして、いつも私を私の歌を褒め励まして呉れた父の為に、ここで歌集を作ってみたくなり、大河原先生にお願いしてここに『復活祭の朝』の歌集が出来上がりました。

平成二十二年十一月十一日

加藤民人

解説　歌集『復活祭の朝』私感

大河原惇行

暇あらば白萩の花見に行かむ共に哀しむ思ひのありて
青き色窓に映りて待合室に不安あり今日も明日の仕事に

加藤君の歌集『復活祭の朝』は、このような作品に、最初に出会う。何処にでもある、青年の思いに違いない。その視点から、特別の世界のものでない。一人の行為として、このように受け止めるのであるが、同時に、「暇あらば白萩の花見に行かむ」という感応の仕方は、結婚をして、間もないころの一首として、人と何処か違う感じを抱くのである。

「青き色窓に映りて待合室に」の感応にしても、「青き色」と言葉にするところ、これも加藤君一人の思いなのかと受け止めるのだ。

体が悪いのである。その不安が、「青き色窓に映りて」と言葉になっていることを、注意したい。生に触れる思いと、この作者のその触れ方を、このような言葉の使い方に、見ているのだ。

少年の日々蘇る谷戸の午後木の実集めて歩み行きしか

公園に落葉の散りてゐたりけり人誰も来ず鴉の声す

二首共に、下句に、若い作者の影がある。「木の実集めて歩み行きしか」「人誰も来ず鴉の声す」の把握の先にあるものは、孤独なのだ。その孤独を問題とするのではない。よってくるその孤独に、作者の生を見ることができるのではないか。「木の実集めて」「鴉の声す」の具体に、この作者のあり方を見る。

何でもない、このような感性の先に、生きての日々の思いが、圧し掛かってくるのが、現実というものなのだ。日々を重ねて、その現実と己の生の持ち方に、こころの動くさまが、具体的に言葉として、示されてゆくのが、この歌集なのであろう。加藤君の作品は、そのような世界のものなのである。これは、自らが、自らの手によって、摑み取った世界が、歌集『復活祭の朝』に世界として、予め、多くの期待を呼ぶに違いない。形になって、初めて先が見えてくるのである。予兆を、この二首の作品に見ることも、連続するその一点ということになるのだ。

形からはひるといへど洗礼の聖水は汝の額に垂れたり

冬もなほ極まれば春の来るべし勇猛心もて吾は向ふべし

結婚をして、しばらくして、夫人が、洗礼を受けた。「春の来るべし勇猛心もて」

の感慨もまた、加藤君にあっては、ただ事でないことなのだ。平凡な日々にあって、その意味する背後のあるものは、何なのであろうか。

人は誰でも、一日を一日として生きている。己にたいして、鋭敏に反応する人と、そうでない人がいることも、世の常のことといっていいのであろう。

加藤君は、見かけによらず、鋭敏ということになるのかも知れない。その感性が、短歌という世界に、こころを向けてゆくことは、当然ななりゆきとなる。このような歌は、それが、何か、示しているのかも知れぬ。

とにかく、日々を生きているのだ。

　誇りなら吾にもあれどそんなものと思ひてゐたり唯そんなもの
　一人にて足れる思ひにあらなくに今宵は清き生活を思ふ
　落ちつかず待合室にて人を待つ男をりたりわがかたはらに

殆ど、具体を捨てたところで、作品にしているのではないか。作者のおもいとして、「今宵は清き生活を思ふ」と、こころを述べる。その先に、「一人にて足れる思ひにあらなくに」の反応があり、その影が思ひを呼ぶ。

その影が、「誇りなら吾にもあれど」となり、「待合室にて人を待つ男をりたり」の影となるのが、加藤君の生の動きとなって、こころを具体化している。内面に、向いているのである。その思いを、それぞれの作品が醸しだしているのであろう。

池よりの水音聞え日はゆらげり草笛を吹く少年一人

山かげを池にうつして静かなる人なき淵にかるがも一羽

先に、「木の実集めて歩み行きしか」「人誰も来ず鴉の声す」の把握の先に、孤独を見るとかいた。これは、生きての作者の行動に現れている、一人の孤独といっていい。

この二首にあって、「草笛を吹く少年一人」「人なき淵にかるがも一羽」の言葉の使い方は、静かなる生と内面の孤独と見なければならない。そのようなことを思い、加藤君の人となりを、このようなところに見る。そして、丁寧に描写をしている。その描写に、かすかな陰影があることも、受け止めていいことなのだ。現実に波が立つたびに、作者が受け止めるその振幅は、激しいものとなってくる。そこらに、この歌集『復活祭の朝』の、生の根源があるのではないか。その世界を、これらの作品から、受け止めて、ここに記しているのだ。

聖人はあり得ぬ程の奇跡なり人は人として生まれ来るもの

もし僕がレオンと言ふ殺し屋で妻がマチルダだつたらと思ふ

このような、作品があった。己の内なる思いを、写したのであろう。

いままで、述べてきた作品と比べて、この二首は、激しいといっていいのではないか。このような激しさを呼ぶ、その現実について、その内容を加藤君は言葉にしない。

歌集『復活祭の朝』を、読み進めていく過程で、読む人はその世界を知るのであろう。そこに、まさに、加藤君が自らのものとした、現実があり、世界があるということになるのではないか。「人は人として生まれ来るもの」の先にあるものは、何か。さらに、「僕がレオンと言ふ殺し屋で」と言わしめるその言葉は、こさえものでない世界であることを知ることになるのだ。

現実とは、不可思議のことである。誰が、如何かというのではない。向き合って己の世界を己のものとして生きるのが、人というものでもあるのだろう。

無機質な文字を通して触れてくる人さまざまな言葉の力

点描の如く光れる木々を見る青き若葉の光また光

加藤君が、己のおかれた現実を言葉にしない作品が、一方にあって、このような世界を、自らのこととして、言葉にしていることは、加藤君が短歌を作る一人として、注意していいのではないか。

「無機質な文字を通して触れてくる」と、文字を捉えたところ、生きての変化を、そこに見ることが出来るに違いない。

生きての宿命が、表現の背後にあることも確かなのである。そのことをこの歌集『復活祭の朝』を読むことによって、読者は知ることになるのであろう。「木々を見る青き若葉の光また光」の把握は、眼前にある若葉と光である。そのまま、このように言葉にする先に一人の人間としての生を見ているのだ。理知でない。そのそのままが、ここに引く、それぞれの作品に、生の動揺となって、言葉に示されているのではないか。

結婚だけが人生ぢやないよだなんて言ふのはただの慰めなのさ

へろへろの親子の様に顔丸くよく似てゐると言はれる私

身近なる所に悪の手伸びてゐて見ずに返したりオウムビデオ店の夢

少し、意味として、はみ出した歌である。勝手ということになる、表現と内容ということにあってのことだ。しかし、出来事を、言葉にしているのではないのだろう。

受け止めた、加藤君の内にある思いに、ただ、向き合っているということになるのではないか。

歌集『復活祭の朝』に、作者のものとして、一筋通るものがあるとしたら、これらの作品の先にある世界に違いない。

平成二十六年十月三十日

本書は平成二十三年短歌21世紀より刊行されました